AF495657
INVENTAIRE
Ye 20.962
Y+

Y imprimé déja en 1664 4°.

par M. Duval
prestre de St gervais
a paris.

LE CALVAIRE PROPHANÉ OV LE MONT VALERIEN

Vſurpé par les Iacobins Reformez du Faux-bourg S. Honnoré à Paris.

Addreſſé à eux-mémes.

Aſcenderunt in Montem Sion & viderunt Sanctificationem deſertam, & Altare Profanatum. 1. Mac. 4.

A COLOGNE,
Chez PIERRE MARTEAV,

M. DC. LXXIII.

LE CALVAIRE PROPHANÉ OU LE MONT VALERIEN,

Vsurpé par les Iacobins Reformez du Faux-bourg S. Honoré.

FReres Iacobins Reformez,
O que vous estes diffamez
Par cette malheureuse affaire,
Qui prophane aussi le Calvaire !
N'entendez vous point chaque jour
Ce qu'en dit la Ville & la Cour ?
Ie ne puis pas tout vous écrire,
Car quel tems y pourroit suffire ?
Agréez le dessein que j'ay.
De vous en faire l'Abbregé.
Chacun crie & chacun vous blâme

On dit que vous n'avez point d'Ame,
Et que du Mont-Valerien
On voit que vous ne valez rien.
Ny vous , ny quiconque authorise
Cette Tyrannique entreprise.
On dit qu'on ne void rien en vous,
Qu'un procedé de francs Filoux
Qu'une convoitise brutale,
Et qu'une prudence animale,
On dit qu'on ne vid jamais rien
De plus Turc, ny de moins Chrestiẽ.
Quoy , dit-on , c'est donc là le stile
Dont on pratique l'Evangile ?
Quoy,c'est donc la mode aujourd'huy
De conquerir le bien d'autruy,
Sans avoir scrupule ny honte
Pourveu que l'on face son conte ?
Quoy,tout d'un coup prendre au pro-
chain
Sa maison , ses meubles , son pain,
Ne passera plus pour un crime ?
Et l'on jugera legetime
De ravir les biens & l'employ
Aux possesseurs de bonne foy,
Sans que la voix de l'innocence
Puisse mesme avoir audience ?
O l'effroyable iniquité !
Mais où sera la severeté,
Au tẽps de Rapine où nous sommes,

Si dépoüillant les autres hommes,
Pour passer pour une action
De Reforme & Dévotion ?
Si pour avoir titre authentique
Il suffit qu'un faux politique,
Sans soucy de la Verité,
Sans respect de sa dignité,
Opprime ceux qu'il doit deffendre,
Les condamne sans les entendre,
Les chasse sans examiner,
Leur oste au lieu de leur donner,
En déclarant de bonne prise
Leur bien, leur maison, leur Eglise,
De Iuge, de Pere & Tuteur
Devenu leur persecuteur ;
Par l'ambition ridicule
De fonder des Gens de Cuculle
Donnant ce qui n'est point à luy
Fort liberal du bien d'autruy.

O Iugement impénetrable
De la providence Adorable !
Le jour que cét homme inhumain,
Dépoüille de tout son prochain,
Ce jour par une force extrême
Il se dépoüille aussi luy mesme !
Il fait des dons du bien d'autruy !
Et quitte le sien malgré luy !
C'est pourtant dit-on par surprise

Qu'il fait cette playe à l'Eglise ;
Et pour dire la verité,
L'acte en fut bien mal-concerté,
Car on y monstre à qui le nie
Vn petit grain de simonie.
Mais pourquoy ne fait-il donc pas ?
Ce qu'il doit apres ce faux pas ?
Pour épargner un Secretaire,
Qu'il faut pendre s'il est faussaire.
Faut-il dans la posterité
A jamais estre detesté ?
Faut-il pour faire l'infallible,
Rendre sa faute incorrigible,
Et bien dit-il, *qu'au Parlement*
On fasse juger autrement.
Et cependant vostre silence
Arme l'injuste violence,
Et cependant un petit seing
Vous fait autheur d'un grand larcin :
Vous apprehendez qu'on n'accuse
Le seing qui seroit vostre excuse :
Vous craignez de trancher le cours
D'un malheur naissant pour toûjours.
Ne voyez-vous pas les vacarmes
Qu'a déja fait l'employ des armes
Que vostre écrit met dans les mains
De vos Iacobins inhumains ;
Des-ja du meurtre & du carnage
Ils ont fait leur apprentissage,

Des-ja le ſang des Innocens
A pouſſé ſes triſtes accens,
Iuſqu'à ce Throſne redoutable,
Pour haſter la punition
De cette laſche oppreſſion,
Dont ces Moynes vous font Cõplice.
Craignez apres cette injuſtice
D'eſtre encor pour vous, & pour eux
Vn politique mal-heureux,
Si par un deſaveu ſincére
Vous ne faites voir le contraire.
  Mais ç'eſt un trop faſcheux party
Que d'en avoir le dementy,
Il faut que les grands ſoient en poudre
Avant qu'il s'y puiſſent reſoudre,
Et l'Enfer ſeul apres la mort
Leur fait dire en vain qu'ils ont tort.
  Mais cette fierté Tyrannique,
Eſt elle un titre Canonique,
Qui donne droict à ces Moineaux
De denicher d'autres oyſeaux?
  Ces Moineaux ſont bien des harpies
D'allonger leurs griffes impies
Iuſqu'à ce Mont de Pieté,
Que la guerre avoit reſpecté.
Iuſques ſur des pauvres Hermites
Qui penſoient bien en eſtre quittes,
N'ayant rien depuis neuf cens ans
Qui leur fiſt craindre des brigants.

Mais qu'il apprennét les bons fréres
Que tout est bon à ces bons Péres
Qui disent avoir tout quitté
(Sauf le droict de Communauté)
Ils ont toût quitté pour tout prẽdre
A qui ne sçait pas s'en deffendre
Car quand c'est pour le bien cõmun,
On tient tout permis à chacun.
Le bien commun est un prętexte
Qu'on donne pour glose à tout texte,
Pour masque à toute intention,
Pour excuse à toute action.
C'est dans ce zéle sans scrupule
Que ces gens à double cuculle
Ont par des effors plus humains
Paru gens de teste & de mains,
A la conqueste hazardeuse
De cette Montaigne fameuse,
Où ces braves avanturiers
Sont allez planter des Lauriers,
Sans apprehender que la foudre
D'un Iuste Arrest les mette en poudre,
Il ne faut pas estre surpris
Qu'un dessein si bien entrepris
Ait eû des suittes nompareilles
Et si tous y firent merveilles.
Suresnes fut le rendes-vous
Pour ce chef-d'œuvre de filoux,

Là ſe fit le gros de l'armée
Là parut la Gent Reformée
Avec des courages tous preſts,
A mourir pour leurs intereſts.
Et faut noter que ces bons Fréres
Ce jour n'avoient pas leur Roſaires,
Au lieu de devots chappellets,
On voyoit de bons piſtolets
Pendus en galante poſture
A la fraternelle ceinture,
(Sans Indulgences neantmoins
Si non celles qu'en tel beſoins
Le Prieur donne avec diſpenſe
Mais ſans tirer à conſequence.
Et pour cette fois ſeulement)
C'eſt en uſer fort ſobrement.
Quelques-uns de peur de ſcandale,
Deſſous la Chappe Monacale
Eſtoient armez de mouſquetons
Et des lames dans des baſtons.
D'autres portoient avec grand zele,
Vn pic, une pince, une eſchelle :
Chacun à ſa diſcretion,
Mais tous avec devotion.
Cette legion foudroyante
Euſt eſté ſeule ſuffiſante
De renverſer en meſme temps
La Montaigne & les habitans :

Mais la plus visible malice
Veut tousiours paroistre justice.
Il falloit donc des Officiers,
Ils marchent assez volontiers
S'il paroist, où l'on les employe,
Peu de peril & force proye :
Aussi les Freres diligens
Avoient bien-tost trouvé leurs gens.
Pour cent, ou pour six-vingt pistolles,
Marché fait en peu de parolles :
Car en parlant on fit toucher ;
Ce marché là fit tout marcher.

De long temps une telle nuë
N'est à Suresne survenuë ;
Deux hõmes, que l'on connoist fort,
Estoient les Chefs de ce renfort
Pour estre selon leur coustume
L'un au poil, & l'autre à la plûme.
Tous deux experts en leur mestier
Tous deux Officiers sans quartier,
Et tous deux des plus redoutables :
Mais c'est peut-être à leurs sẽblables.

Ie croy qu'à ce Siege fameux
Qui partagea le monde en deux
Devant Troye, où tout fut étrange,
On ne vid pas plus de meslange.
Il sembloit qu'on eût affecté
Le nombre & la diversité,
Avoir dans ces fiéres Cohortes

Tant de gens, & de tant de ſortes,
Moynes, Archers, Laquais, Bour-
Soldats, Artiſans, Villageois, [geois,
Tout en eſtoit, iuſqu'à des femmes,
Teſmoin celle des Dames,
Qui fit voir ſon cœur aguerry,
En ſuivant par tout ſon mary.
Iamais autre ne fit comme Elle
La Lieutenante Criminelle.
On le ſçavoit, mais ce jour la
Sans doute elle ſe ſignalla.
Apres donc que les gros des Fréres,
Et des troupes Auxiliaires
Furent joints en bel appareil
On prit haleine, on tint conſeil,
On reſolut que ſans remiſe
La Montaigne ſeroit repriſe;
Que tous tant à pied qu'à cheval
Iroient à l'aſſaut general.
Excepté pourtant ce grand homme
Que Criminel, ſans crime, on nomme,
Qui reſta-là pour atteſter
Comment ils s'alloient comporter.
Que cependant par preference
Laſnier, veu ſon eſperience
Meneroit comme enfans perdus
Tous les Reformez pretendus,
Sous leur enſeigne blanche & noire:
Mais qu'avant tout il falloit boire.

On boit donc, & forces santez
Se portent sans formalitez,
Car le temps presse, & la ripaille
Se doit faire apres la bataille.
Mais par ce qu'on boit du meilleur
On est bien tost en belle humeur,
On gausse, on dit des mots à force,
On jure, on menace, on amorce,
On crie, Il est temps : & soudain
Les Freres partent de la main.
L'Aspre roideur de la Montaigne
Leur fut une raze campagne,
On eust dit à les voir aller
Que sans doute ils alloient voler.
Le vent leur soufflant aux ayxélles
De leurs frocs leur fesoit des aisles,
Aydant comme par faction
Celuy de leur Ambition,
Les meilleurs chevaux hors d'haleine
Ne les suivoient qu'avecque peine,
Et peu s'en fallut que Lasnier
N'eust l'affront d'estre le dernier.
Mais tandis qu'ils gagnent le faiste
Où se va faire la conqueste,
On voit venir de tous costez
Des foules de Peuples hastez,
Pour voir cette guerre nouvelle
Où le bruit qui court les appelle.

Les plus groſſiers ſont étonnez
De voir ces Moynes deſchaiſnez,
Accourir comme une tempeſte
En criant tous à pleine teſte.
Main baſſe, Tue! Il faut d'abord
En mettre cinq ou ſix à mort
Pour donner l'épouvante aux autres.
Ainſi preſchent ces bons Apoſtres
Et ſans delay de toutes parts,
Ils joignent les foibles ramparts,
Des Solitaires & des Preſtres,
Dont ils ſe rendent bien toſt Maîtres,
Jamais loups quand ils ont forcé
Le parc d'un troupeau delaiſſé,
Que leur livre un Berger perfide,
Ne firent voir rien de rapide,
Comme ces Moynes furieux
C'eſt un ſpectacle curieux,
De voir comme ils vont à la charge
Avecque leurs Caſques de ſarge,
Avec le piſtolet au poin
Et flamberge preſte au beſoin.
Les uns par zéle & par bravade
Vont ainſi faits à l'eſcalade,
Criant qu'on les ſuive de prés
Selon la teneur des Arreſts.
Les autres ſans ponts n'y faſcines
Appliquent toutes leurs machines:

Rien ne resiste à leur courroux
Ils font souter gonds & verroux
Et voler les esclats des portes
Malgré ses barres les plus fortes.
La Montaigne de haut en bas
Tremble & gemit de ce fracas.
L'Echo, qui s'en plaint, le redouble
La Seine dans son lit s'en trouble.
On crioit voir une autrefois
Le Mont où Dieu donna ses Loix:
Tant les coups qu'on tire sans nõbre
Rendent le sommet clair & sombre.
Des flots de fumée & de feu
qui tour à tour se donnent jeu.
Mais ces mesmes loix violées
Par ces Furies assemblées
Monstrent que ces feux odieux,
Viennent d'autre part que des Cieux.
C'est-là que parmy les alarmes
On connut les Moynes gen-d'armes.
C'est-là que parmy les hazards
On voit les vrays Freres fraparts.
C'est-là que le frere *La Caille*
Ne fit pas la Canne en bataille,
Monstrant qu'un Soldat vieux routier
Se souvient tousiours du mestier.
C'est-là qu'on vit *le frere Iacques*
Aller des premiers aux attaques.
C'est-là que *le frere Louys*:

Fit des faits d'armes inouys,
Et tant d'autres, dont le grand nõbre
Rendra la gloire un peu plus sombre.
Mais sur tout *le Prieur Dubois*
Receut d'une commune voix
Cette loüange souveraine
D'estre & Soldat, & Capitaine;
Allant, venant, estant par tout,
Point en arrest; tousiours debout,
Comme un vigilant chef d'armée,
qui presse une Ville sommée,
O! que le Soleil cette fois
Esclaira de nobles exploits!
Mais une chose les attriste,
C'est de voir que nul ne resiste.
Si faut-il qu'on en mette bas,
Les freres ne s'en mocquent pas.
Ils en ont leur foy bien jurée
que quelqu'un payeroit l'entrée.
Mais quoy les Hermittes cachez
Sont de crainte à demy sechez:
Et *De la Font*, est le seul Prestre
Qui s'avanture de paroistre,
Demandant le bonnet en la main
Si l'on a quelqu'ordre certain.
Mais pour responce toute preste
Il reçoit deux coups dans la teste
Dont il tombe au contentement

Les freres de *Iacques Clement*:
Ceux autres coups portent par terre
Vn pauvre habitant de Nanterre,
Qui s'en alloit par le Iardin
De l'Hermitage plus voiſin.
Ces procedures ſi cruelles
Eſtoient les premieres nouvelles
De cet Arreſt ſourd & müet
En vertu du quel on tüoit.
Ces deux victimes immolées
Dans ces deux maiſons deſolées
Firent voir du ſang répandu
Ce qu'on n'euſt iamais attendu.
A meſme temps tout entre en foule
C'eſt un torrent d'hommes qui rouſle
Avec des bruits de furieux
Haut & bas dans tous ces Saints lieux.
Ces lieux n'agueres ſi paiſibles
Retentiſſent de cris horribles,
De coups tirez, de juremens,
De mots ſales, de hurlemens,
Sans eſpargner ce lieu là meſme
Qui ſert de Throſne au Roy ſupreſme
Les Preſtres s'eſtoient retirez
Comme en des aziles ſacrez
Au pied des Autels [illegible]

Qu'ils estimoient inviolables.
Les bonnes gens s'abusoient bien
Ces moyens ne respectent rien
C'est de là qu'avec plus d'insulte
On les va tirer en tumulte.
Ces pauvres Prestres delaissez
Tenoient les Autels embrassez
Comme leur derniere assurance
Contre cette horrible insolence.
Ces malheureux bouffis de fiel
Sans respecter terre, ny Ciel,
Ny lieu, ny le caractere
Ny le redoutable mystere;
Se jettent sur Eux en fureur
D'une façon qui fait horreur.
Et pour leur faire quitter prise
Et les arracher de l'Eglise
Vont jusqu'à cet accez hideux
De les traisner par les cheveux.
C'est ce qu'en vain dira l'Histoire
Sans le voir qui le pourra croire
Il n'est point de gens si cruels,
Que sont ces faux spirituels.
D'autres avec leur Satelites
Sont à la chasse des Hermittes.
Les Hermittes sont bien cherchez
Mais ils sont encor mieux cachez.
Et bien leur en prend les bons freres

Leurs amandes ſeroient ameres.
Le ſeul Reclus en ſeureté,
Ioüit de ſon iniquité,
Ayant par un traffic infame
Vendu ſes freres & ſon ame.
Cependant on pille par tout,
Et chacun commence à ſon bour.
Quoy donc l'Illuſtre Lieutenante,
Perdra-t'elle ſa contigente ¿
Ne deuſt-elle pas eſtre icy !
Attendez, Freres, la voicy.
La voicy cette femme forte
Avec une nouvelle eſcorte.
Iamais pecheur à l'hameçon
Ne ſçait mieux quand il y fait bon.
Et le vient quand la Ville eſt priſe
Et que le butin ſe diviſe.
Mais d'abord pour gaigner ſa part,
Elle frappe quoy que trop tard.
Sur le Captifs elle fait rage :
C'eſt l'Amazone du Pillage,
Qui n'y cede à nul des humains,
Laiſſez-là faire ; Elle a des mains.
Pour ſon mary qui l'accompagne,
Si-toſt qu'il eſt ſur la montaigne
Il veut qu'on l'eſtime Officier
Qui ſçait & qui fait ſon meſtier.
Avant tout des ſiens il s'informe,
S'ils ont fait voir l'Arreſt en forme

Et comme on luy répond que non,
Si ce n'est à coup de Canon.
Sus, ſus, dit-il, il le faut faire.
On a mal conduit cette affaire,
Mais nous ſçavons. Viſte un Huiſſier
Qui leur aille ſignifier:
Si comme on dit ce Preſtre expire,
N'importe, ce ſera pour dire,
Et ne le dire pas en vain,
Qu'il eſt mort l'Exploit à la main.
Il le dit, mais ſon zele extrême,
Le preſſant il le fait luy meſme,
Ce bon Iuge y va de ce pas,
Il trouve ce Viellard à bas,
Couché dans ſon ſang, qui le noye.
Il le contemple, il le tournoye:
Il croit qu'il eſt mort, autant vaut
Il luy lit, donc, l'Arreſt fort haut:
Luy commandant, qu'avant qu'il meure
Il quitte aux Moynes ſa demeure.
Enfin il veut voir ce qu'il a
Il le fouile? & le laiſſe là,
Sans le ſoulager d'autre ſorte,
Si non des Clefs qu'il emporte.
Mais encor ne faudroit il pas,
Qu'un homme ſi prés du Treſpas
Euſt ainſi privé d'aſſiſtance,
Et de corps & de Conſcience,

Souffez, Monſieur, que po ur le moin
Ie demeure pour ſes beſoins.
Ainſi prioit ce Iuge auſtere
Quelqu'un des Preſtres du Calvaire,
Faiſant cét offre en ſouſpirant,
Pour ſon Superieur mourant.
Non, non, dit cét inexorable,
C'eſt un Arreſt irrevocable
De Monſeigneur le Chancelier.
Il faut ſortir, & ſans crier,
Nous ſçavons bien vos reparties;
Qu'on n'a point oüy les parties:
Qu'il falloit du moins appeller:
Que c'eſt trop chaudement ſceller:
Qu'on vous oſte au lieu de vous rendre
Tous les moyens de vous deffendre:
Que la Loy veut qu'un dépouillé
Ait, avant tout, ſon bien pillé.
Ce ſont de vielles Ordonnances:
Qu'on ne connoiſt point aux Finances:
Mais on les garde au Parlement,
Si non quand on juge autrement.
Au reſte, eſt-ce un grand cas qu'un Preſtre
Soit bleſſé par une feneſtre:
S'il meur ce n'eſt qu'un Preſtre mort

Et:

Et le deffunt à tousiours tort.
Mais enfin, qu'il vivé, ou qu'il meure,
Sortez tous, & tout à cette heure.
Lors luy seul pour tous les records
Il met tous les Prestres déhors
En les poussant par les espaules
Et bien se voit-il dans les Gaules
Vn Officier mieux exploictant,
Pour ceux qui l'ont payé comptant?
Lasnier de son costé fit rage
Avec ses trouppes de pillage:
Quiconque tombe sous leurs mains
Seut des traittemens inhumains.
Mais sur tout Lasnier se signale
Par l'action la plus brutale,
Et la plus digne de la hart,
Qu'ait iamais commise un pendart.
Desia la mauvaise nouvelle,
De la mort soudaine & cruelle,
Du Boullanger assassiné,
Avoit tout Nanterre estonné;
Et desia sa femme approchée;
A ce corps sanglant attachée,
Fendoit de ses cris esclattans
L'air & les cœurs des Assistans,
Percez iusqu'au fond de ses plaintes
Si justes & nullement feintes.

Chacun prend part à ſa douleur,
Chacun déplore le mal-heur
De cette femme infortunée,
Que voila veuve abandonnée
Avec ſix pauvres orphelins
(Grace aux bons Peres Iacobins)
Tous ont pitié de ſa miſere,
Laſnier ſeul s'en met en colere :
Et cét objet d'humanité,
Effarouche ſa cruauté :
Ce Tigre en fureur infame
S'en prend à cette pauvre femme
Et pretendant qu'elle a grand tort
De lamenter ſon mary mort,
Et de pleurer ſur ſon uiſage :
Ce laſche l'arrache & l'outrage,
Et la charge de tant de coups,
Que ſon baſton enfin plus doux
Et moins dur que ce fier Comite,
S'envole en eſclats , & le quitte.
Pour comble d'inhumanité
Sur ce cadavre enſanglanté
Et contre cette pauvre femme,
Comme pour maſſacrer ſon ame,
Apres le corps de ſon eſpoux,
On la menace apres les coups
Que par les pieds on le va pendre
Qu'il peut ce ſeul Sepulchre atten-
dre.

Vn Frere fut moins emporté
Car apprenant la qualité
De cét homme tué, sans causes
Ce n'est pas, dit-il, *grande chose*.
C'est-là que l'indignation
Devient l'unique passion
De tous ceux dont la patience
A pû voir cette violence.
Durant ce tumulte odieux
Chacun n'a parlé que des yeux,
Et l'horreur de ces brigandages
N'a paru que sur les uisages.
Mais enfin cet excez dernier
Les forces à detester Lasnier.
Ah! s'il restoit de la Iustice,
Bourreau quel seroit ton supplice,
Dit tout haut ce peuple irrité,
A ce monstre de cruauté?
Mais c'est bien pis quand pleins de joye
On voit tous ces oyseaux de proye
Retourner avec leur butin
A Suresnes faire festin.
Hé! qu'est-ce-cy, Bonté Divine,
Dit chacun, hé, quelle rapine!
Quels Moines! & quels Iusticiers!
Quels Prescheurs! & quels Officiers
Quelles horrible friponnerie
De chicane & de Moinerie!

Quelle fausse religion
Enseigne cette illusion,
De n'espargner pour l'avarice
La pieté, ny la Iustice,
Quand c'est sous le masque emprunté
De Iustice & de pieté ?
Quel est ce nouvel Evangile
Si complaisant & si facile,
Qui permet de prendre & donner
Le bien d'autruy sans se damner ?
De dépoüiller ainsi ses Freres,
Sans laisser d'estre de bons Peres ?
D'estre bruslans d'Ambition,
Et pas moins de Devotion ?
D'estre pleins d'orgueil & d'envie,
Et pourtant gens de sainte vie ?
D'estre emportez & furieux,
Et pourtant bons Relieux ?
D'engager au mal les puissances,
Sans soucy de leurs consciences ?
De faire accroire aux Officiers,
Qu'ils peuvent tout dans leurs me-
stiers ?
D'avoir des haines implacables,
Sans en estre moins charitables ?
D'estre de hardis imposteurs,
Et se dire Predicateurs ?
D'opprimer par la calomnie

Sans danger, pourveu qu'on le nie?
D'estre Moines & bons guerriers,
Sans crainte d'estre irreguliers?
De tuer sans estre homicides?
D'usurper tout sans estre avides?
Et pour tout en un mot trancher
De faire le mal sans pecher?
Qu'elle est cette Loy metoyenne?
Certes ce n'est point la Chrestienne.
Vn Evangile si tyran
Ne peut estre que l'Alcoran.
Ce n'est point Iesus-Christ, sans doute,
Qui trace cette horrible route.
L'Autheur qui tout cela permet
Est Escobar, ou Mahomet.

Quoy donc au milieu de la France
Voir cette Turquesque licence?
Quoy, dis-je, si prés du Soleil
Aux yeux de ce Roy sans pareil,
De qui la Gloire est d'estre Iuste!
Aux yeux de ce Senat Auguste!
A la face du Parlement!
On commettroit impunément
Le crime avec tant descandale!
Aux portes de la Capitale.
Sur ce haut lieu de pieté,
Qu'il semble qu'on ait affecté,

Comme un Théatre manifique,
Pour cet acte vrayment tragique !
Quoy l'on braveroit à la fois
Tant de Iuges & tant de Loix ?
Et tant de Loix & tant de Iuges,
Ne seroient que de vains refuges,
Inutilement reclamez
Par des innocens opprimez !
Pour moy, je ne le puis pas croire ;
Cette tache seroit trop noire,
Et tombant sur les Fleurs de Lys
Les Iuges en seroient salis.
Allez, donc, infâmes Corsaires,
Archer & Moines sanguinaires,
Devots brigands, larrons armez,
Assallez assins Reformez,
A ce festin de la victoire
Disputer celle de bien boire.
I'espere bien-tost de benir
Le jour qui vous verra punir.
Mais ce sont des gens de Iustice ?
Hé ? C'est ce qu'il faut qu'on punisse
Avec plus de severité,
Que d'exercer l'iniquité
Sous le nom & sous l'apparence
De Iustice & de conscience.
C'est là que la rigueur des Loix
Doit appuyer de tout son poids.
Car abuser de la Iustice

Merite un bien plus grand supplice
Que de commettre ouvertement
Le crime sans cet ornement.
Si le Medecin empoisonne
Quel Iuge est-ce qui luy pardonne ?
Si le berger ayde les loups
Quel supplice n'est point trop doux ?
Si l'Artisant gaste un ouvrage
Ne répond-il pas du dommage ?
On punist jusques au Chartier
Qui malverse dans son mestier.
Et des Officiers de Iustice,
Qui pechent dans leur exercice,
Qui par un abus inhumain
Des armes qu'on leur met en main,
Pour reprimer la violence
Et pour proteger l'innocence,
S'en servent pour des actions
De vols & d'usurpations !
Qui dans une aveugle creance
D'avoir une entiere licence
Et sur les bienss, & sur les ccorps
Lors qu'ils se voyent les plus forts
Et qu'ils ont quelque couverture
De leur injuste procedure,
Disposent de tout à leur gré
Et du prophane & du sacré,
Prennent, pillent, brisent, ravagent,

Frappent, aſſaſſinent, outragent,
Traitent les hommes comme chiens:
En les depoüillant de leurs biens,
Dans un mélange déteſtable
De l'innocent & du coupable !
  Des gens qui ne content pour rien
La mort du plus homme de bien,
Fut-ce un Preſtre, fut ce un Hermite,
Fut ce un homme qui prend la fuite,
Ou qui ſe cache, ou ſeulement
Qui leur demande doucement
A voir donc cet Ordre qui porte
Que de ſon domicile il ſorte :
C'eſt aſſez ; & ſans voir l'Arreſt
Il eſt rebelle, ainſi leur plaiſt,
Et comme un canard on le tire.
Car, dit-on, le Roy noſtre Sire
De ce faire a donné pouvoir.
C'eſt, Meſſieurs, ce qu'on vient de voir.
  Quoy des Officiers ſi pendables
Ne ſeroient pas jugez coupables :
Ils ſont coupables mille fois
Plus que tous les vouleurs des bois.
Quel Advocat ſans conſcience
Voudroit plaider pour leur defence ?
Mais quel Iuge les abſoudroit ?
Ie ne ſçay pas ; car il faudroit
Pour cette iniquité ſupreſme,

ilate ou quelqu'autre de mesme.

Tandis qu'un jeûne homme zelé
Poussoit discours empoulé,
Vn viellard se prit à sousrire
Monstrant y trouver à redire.

Monsieur, dit-il, j'estime fort
Ce juste & genereux transport
Plust à Dieu qu'au temps où nous sommes ?
Il fut commun parmy les hommes,
Et le zele pour l'équité
Vne moins rare qualité.
Ie dirois que vostre esperance
Seroit plus prés de l'apparence,
Et cette vilaine action
Plus prés de sa punition.
Mais un peu d'usage du monde,
Sur lequel un vieillard se fonde
Me fait vous dire librement
Que vous esperez vainement.

Certes, comme vous, je déteste
Cette oppression manifeste,
Mais je n'attends pas, comme vous,
De voir punir tous ces filoux.

Les uns ont la chicanerie,
Et les autres la Moinerie.
O ! Dieu que çont tousiours esté
Deux grands fonds pour l'iniquité,
Et deux aziles favorables

Pour les actions punissables !
Il est vray, dit un ancien, *S. August.*
Qu'il est peu de plus gés de bié, *Ep. 37.*
Que des Moines vrais solitaires,
Et contens dans leurs Monasteres.
Mais il n'est rien de pire aussi
Que de faux Moines sans soucy;
Dont tous les desseins n'ont pour centre
Que la marmite & que le ventre;
Ou bien dont les pretentions
Sont de vastes ambitions,
Dont les bornes sont de tout prendre,
Tout pouvoir & tout entreprendre;
L'orgueüil & la cupidité
Ne voulant rien de limité.
Quand ce double esprit les possede
Ils sont corrompus sans remede.
Vous les voyez courir par tout,
Pour pousser leur dessein à bout;
Tous les jours assieger les portes
Des gens puissans de toutes sortes;
Penetrer ces grandes maisons
Où se brident les gros oysons.
Aborder jusques aux ruelles
Des Dames & Damoiseles :l
Plus flatteurs & plus compaisans
Que les plus lasches Coutisans,

Plus matois que tous les Boësmes,
Plus mondains que les mondains
mesmes.
De là tant de directions,
De douces benedictions,
Et de conduites biaisée,
Pour des devotions aisées,
Ou chacun trouve le secret,
D'éviter le chemin estroit.
Mais sur tout les grands sont bien-
aises
De trouver des modes Françoises,
Faciles pour le Paradis,
Comme ils en ont pour les habits,
N'aimant pas qu'on les entretienne
De ne point changer l'ancienne
Que Iesus-Christ Sauveur de tous
Nous apprit en mourant pour nous.
Dites-moy qu'elle merveille est-ce
Si tout le beau monde s'empresse
Apres ces benits Directeurs,
Et ces benins Consolateurs ?
Si les plus precieuses ames,
Si tant de Seigneurs & de Dames,
Tant de gens de condition
Sont tous à leur devotion ?
Enfin si tout suit & tout vante
Cette conduite accommodante :
Et si l'on s'en trouve si bien

Qu'on ne le changeroit pour rien,
Et qu'on abandonne au contraire
Et sa Paroisse & son vray Pere
Qui vainement en est fasché;
Chacun cherche le bon marché?
Mais aussi ce n'est pas merveille
Qu'on les excuse à la pareille
Et qu'on ne punisse jamais
Ce qui vient d'eux, quoique mauvais.
Certes depuis quelques années
Nous voyons comment leurs menées
Et le credit de leurs amis
Couvrent tout ce qu'ils ont commis.
Et traitent ceux qui sont coupables
De leur estre des-agreables,
Ils ont du soir au lendemain
Les Arrests qu'ils veulent en main.
Ils ont ces Lettres de caprées,
Qui seulement estant monstrées
Font mourir sans autre raison,
En exil ou bien en prison;
Car s'il plaist à leur Reverence
Cela se peut en conscience:
Et mesme par devotion
On exerce l'oppression,
Il est aisé par mille exemples
D'en donner des preuves bien amples.
Pour

Pour eux tout passe en seureté,
Ils ont le don d'impunité,
A tel point que l'on n'examine,
Ny leurs œuvres ny leur doctrine;
Que si quelqu'un s'en veut mesler
Bien-tost ils le font appeller
Seditieux & schismatique,
Et si besoin est, heretique.
Il ne faut qu'une femme ou deux,
De ces plus libre avec eux,
Mais que S. Paul juge captives
Et mortes; bien qu'elles soient vifves.
Mais quoy; si ce sont les Pasteurs
Qui se rendent accusateurs [mes
Et les convainquent d'estre eux-mé-
Autheurs d'erréurs & de blasphémes?
Alors ils obtiendront répit
Sous ombre que c'est assez dit,
Et feront diversion d'armes
En donnant de fausses alarmes
Par quelque dogmes supposez,
Dont les sots seront amusez.
Les Pasteurs auront beau se plain-
dre,
Que c'est, donc, enfin les contrain-
dre
A laisser les ames perir,
Ne les pouvant plus secourir

Contre tant d'erreurs pestiferes,
Que produisent ces Beats Peres.
Les Pasteurs en vain se plaindront,
Les intrigues l'emporteront
Les Communautez Monastiques
Sont toutes bonnes Politiques
Et leurs gens menent par le nez
Les mondains les plus raffinez,
A couvert joüent leurs machines.
Ils ont des ruses les plus fines :
Et sont par des secrets ressorts
Tousiours du costé des plus forts.
Allez apres cela pretendre
Qu'on s'en puisse aujourd'huy defendre
Et qu'on fasse punir ceux-cy
De ce qu'on vient de voir icy.
Quand Paris sçaura la nouvelle
De cette invesion cruelle,
Ie ne dis pas que les esprits
Ne se trouvent d'abord surpris
D'une horreur extraordinaire
Pour cette action sanguinaire :
Qu'on n'en déteste les autheurs :
Qu'on ne crie aux usurpateurs :
Et qu'on demande vangeance
De cette injuste violence.
Mais à qui ? car on voit assez
Que ces Moines interessez

Ont pour appuy de leur malice
De grands arc-boutans d'injustice.
On n'a que trop de prejugé
Que tel d'office est obligé
D'arrester leur noire entreprise
Qui par sous-main la favorise.
Ces Moines fins & diligens
Se sont pourveus de tous leurs gens.
Ils en ont pour tous les usages
Pour la Cour & pour le Palais,
Pour les bons, & pour les mauvais.
Ha ! que l'on va par tout entendre
De fadaises qu'ils vont répandre,
Pour faire croire qu'ils font bien,
Et que du reste il n'en est rien !
Qu'on va voir de gens en campagne
Pour l'affaire de la Montaigne.
Que de penitentes trotter,
Aller, venir, solliciter,
Suppliant que l'on considere
Les interests du Saint Rosaire,
Qu'on n'en traite par les autheurs
En qualité d'usurpateurs,
que ce sont les meilleurs bons Peres?
(Quoy qu'en disent leurs adversaires)
Pour eux, qu'ils n'y pensent nul mal;
Que c'est Monsieur le Cardinal
Qui veut eternisir sa gloire
Par cette action meritoire

D'avoir mis des gens en ce lieu
Pour avancer celle de Dieu.
Que l'on void comme ils y commen-
cent
Et de quelles sortes ils l'avancent;
qu'ils n'ont encore fait que du bruit,
Mais qu'en suite ils feront du fruit
Si l'on permet qu'ils le possedent
Et qu'à des vivans ils succedent.
Que ces vivans ne sont pas morts,
Comme quand l'ame sort du corps,
Mais comme des gens qu'on exile,
Qu'ils sont morts d'une mort civile.
Que c'est bien un estrange don;
Mais que le dessein en est bon.
Qu'il tient un peu de l'avanie
Mais que c'est un trait du genie
De son Eminence de Retz,
qui n'a plus l'œil aux interetz,
Ny des Prestres, ny des Chanoines,
Mais seulement à ceux des Moines,
Depuis qu'un an trop tost tombé,
D'Archevesque, il n'est plus qu'Abbé.
Ainsi vont chanter les poullettes,
En contant cent autres sonnettes
Pour faire demeurer d'accord
que leurs bons Peres n'ont pas tort.
Cependant les Peres eux-mesmes
Vont

Vont épuiser leurs stratagemes.
Ils vont courir, ils vont crier,
Ils vont se plaindre, ils vont prier,
qu'on ne donne aucune creance
A tout ce qui contre Eux s'avance;
Que ce sont de traits d'envieux:
Qu'on en veut aux Religieux:
que les Prestres & les Hermittes
Sont gens, dont on sçait le merite;
S'ils aimoient la gloire de Dieu
Qu'ils quitteroient bien tost ce lieu,
Sans murmurer & sans se plaindre,
Et sans s'y faire ainsi contraindre;
Car chacun doit estre ravy
Que pour Eux ils sont d'un grand Ordre,
Qui ne permet pas de démordre:
Qu'ils sont les seuls Prescheurs de nom:
Qu'un Pape leur a fait ce don:
Qu'ils ont le talent des Apostres,
Et des Confesseurs & bien d'autres:
Que leurs œuvres le monstrent bien:
Qu'au reste ils ne pretandent rien:
Que les Ames sont leurs conqueste
(Sauf toutesfois le droit de queste),
Ils vont publier hautement
Qu'ils ont agy fort doucement:

Qu'ils n'ont point fait le mousquetaires

Helas; qu'ils disoient leurs Rozaires;
qu'ils ont un déplaisir profond,
Qu'on ait tiré sur DELAFONT:
Mais qu'il fit trop le difficile
A leur ceder son domicile:
qu'il ne voulut pas recevoir
Vn Ordre (qu'il ne peust sçavoir.)
que les Hermittes dans leurs plaintes
N'exposent que des choses saintes
Qu'on n'eut jamais intention,
(quoi qu'on en prist possession)
De posseder leurs hermitages.
que ce sont ces Freres volages
Et de leur retraitte lassez
qui s'en sont eux-mesmes chassez,
Pour vaguer & pour faire chere
Meilleure à Paris qu'au Calvaire:
qu'ils disent en ce sens douteux
qu'on les a mal traitez chez eux.
Que bien loin de leur faire injure,
On les r'appelle, on les conjure
A l'instance des Iacobins
D'y venir vivre en bons voisins.

Les Iacobins avec ces bourdes
Trouveront encor des Balourdes;
Car ces Moines font vanité

Qu'on prenne d'eux pour verité
La fable la plus manifeste.
Ils ont tousiours du front de teste.
Ce qui m'étonne c'est de voir
qu'ils puissent bien encore avoir
Des Iuges mesmes favorables.
Et si fortement fascinez,
qu'ils pensent n'estre pas damnez
Pour l'injustice la plus claire,
quand c'est pour quelque Monastere.
Ouy : Ie croy, qu'ils pensent qu'vn jour
Dieu Doit excuser à son tour
Les plus cruelles injustices,
Si des Moines en son complices;
Comme s'ils avoient le credit
De changer tout ce que Dieu dit.
Dieu qui proteste a tout le monde
Que le cœur & les reins il sonde :
Pour Iuger sans acception
La personne par l'action !
Dieu qui defend avec menace
A ceux qui jugent en sa place
Le pauvre mesme en Iugement.
Mais fort peu s'en mettent en peine.
Cette menace est trop loingtaine,
Et puis la Congregation
Aux siens fait composition,

Pour cinq Paters de penitence
On est quitte & l'on recommence
Qui se vit jamais obligé
De payer ayant mal jugé?
Sur tout si c'est à l'avantage
De gens lougez au haut étage,
De l'ombre ou de la verité,
De ce qu'on nomme Pieté.
Car alors un Iuge credule,
Formant un espoir ridicule,
Que leur amitié devant Dieu
Le justifie & luy tient lieu
D'une Indulgence pleniere,
Il passe pour eux la carriere,
Et dans cette presomption
Se damne par devotion.
Ceux qui n'ont pas cette creance
Servent les Moines par prudence,
Pour n'en estre pas méprisez,
Pour en estre preconisez.
Car on pretend que leur loüange
Fait passer un demon pour Ange.
C'est souvent l'art d'un vicieux
De hanter des Religieux,
Sur tout ceux qui sont en estime,
Pour en faire un voile à son crime:
Il les flatte, il en est flatté,
Certain renom de pieté

Lui revient bon de ce commerce
Et cette charité perverſe
Couvre dans les plus débauchez
La multitude des pechez,
Faiſant ſouvent qu'un méchant homme
Devient ſaint ſans paſſer par Rome,
Pour le moins on le croit ainſi,
D'où vient qu'on chetche avec ſoucy
D'eſtre bien dans les Litanies
De ces benites compagnies,
Qui ſçavent ſi bien départir
Ce qui ne couſte qu'à mentir.
Mais auſſi les bons politiques
Craignent de paſſer par les piques
De ces gens devotement fins
Qui ſervent à diverſes fins,
Leur hantiſe appréd des nouvelles,
Ils gouvernent les tels & telles,
Ils font quelquesfois reüſſir,
Mais ils ont un noir à noircir
qui gaſte auſſi qui bòn leur ſemble,
Quand ils en menacent on tremble,
Sçachant qu'il tache un moment
Et s'efface mal-aiſément.
Car ils ont des Peintres ſans nombre
Qui ſans ceſſe rechargent l'ombre

Sur les uiſages les plus beaux,
Et leurs langues ſont leurs pinceaux.
Ainſi les adroits font étude
De plaire à cette multitude,
Et d'avoir l'approbation
De la haute devotion
Voila les ſources infallibles
De ces difficultez horribles
Qu'ont ſouvent juſques à la mort
Ceux a qui des Moines ſont tort :
Non pas d'avoir contr'eux ſentence,
Mais meſme d'avoir audience.
De là viennent tant de delais
Et d'autres bons tours de Palais,
Dont on embarraſſe l'affaire
Et la plus juſte & la plus claire,
Pour reduire les plus ardens
A démordre malgré leurs dents.
Ou bien ſi bon droit à tant d'aide
Qu'il faille à la fin qu'on en plaide,
Quand les Advocats ont peſté,
On vous ſert d'un bel appointé
Comme du ſeul détour qui reſte,
Et comme d'un tombeau funeſte
Ou quatre injuſtes trop ſouvent
Enfoncent, bon droit, tout vivant.
Depuis là, c'eſt la mer à boire,
Il en faut predre la memoite,
Et quiconque fait autrement,

Sans doute il perd le jugement
Pensant contre vent & marée
qu'une cause ainsi massacrée
Par ceux qui luy devoient support
Puisse estre conduite à bon port.
  C'est grand hazard si les poursuittes
Que ces Prestres & ces Hermittes
Pourront faire de tant d'excez
Ont enfin un meilleur succez ;
Ils ont affaire à des parties
Trop fortes & trop assorties,
Le Lieutenant a trop d'appuy
On peut avoir besoin de luy.
  On le sert à dessein qu'il serve,
Et pour le perdre on le conserve,
Les Iacobins de leur costé
Menent des gens d'authorité.
  Presque jamais on n'a Iustice
De ces gens de cloistre & d'Office,
Et l'on doute en plaidant contr'eux
Lesquels sont les plus dangereux.
  Il est vray qu'il n'est rien d'utile
Et pour les Champs & pour la Ville
Comme de dignes Officiers,
De veritable Iusticiers,
Dont l'intention est de rendre
Comme un dépost, non pas de prendre
A tout ce qui leur appartient.

C'est par Eux que Dieu nous maintient.
Mais il n'est rien aussi de pire
Que cet insupportable Empire
qu'usurpenr aujourd'huy sur nous
Ces faux Officiers vrais filoux,
Tels qu'on en peut assez connoistre,
Tels qu'il nous en vient de paroistre.
Voyez avec quelle fierté,
Avec quelle ferocité,
Ces cruels Belistres agissenr !
Voyez comment ils se bouffissent,
Croyant que tout leur est permis
Plus qu'en un païs d'ennemis,
Los qu'une injustice plastrée
En quelque lieu leur donné entrée !
Ce seroit peu de butiner,
Ils font gloire d'assassiner,
Et parade de leur vaillance
A tuer des gens sans defence,
Pour monstrer qu'ils ont, quoiqu'à torr,
Puissance de vie & de mort.
Que si quelqu'un en rend sa plainte
Vrayment e'est bien leur grande crainte !
Ils ont trop experimenté
Que rien ne leur est imputé,

Pour

Pourveu qu'ils mettent à la marge
Qu'ils l'ont fait en faiſant leur char-
ge,
Et qu'on a fait rebellion,
C'eſt la juſtification
Qui jamais n'abandonne un Sbirre
Parce qu'ils ſcavent tous écrire.
Ceux-cy ſçauront bien en uſer.
Ah ! qu'ils vont bien verbalizer,
Qu'ils ont trouvé des reſiſtances
Contre toutes les Ordonnances,
Que ce Preſtre (qui les prioit)
Que ce Boulanger (qui ſuoit)
Comme rebelles à Iuſtice
Ont eſté mis bas par police.
Que l'on a pris des païſans
Qui faiſoient trop les ſuffiſans,
Et ſe tenant-là ſans rien faire
Favoriſoient ceux du Calvaire,
Que c'eſt pour leur oſter du moins
L'occaſion d'eſtre témoins.
Le Lieutenant ſçait la methode
De tout rapporter à ſa mode,
Et comme ſi de bout en bout
Il s'eſtoit veû preſent à tout.
Il va decretter à merveille,
Car ſa femme eſt là qui le veille
Et plaide pour les Iacobins

(Sans oublier aussi ses fins)
Il va payer la bonne chere
Qui fait jeusner ceux du Clavaire,
En decernant prise de corps
Sur les vivans & sur les morts.
Et peut estre aussi sur nous-mesmes.
Car ayant oüy leurs blasphémes
Et vû ce lieu saint prophané
Par ce ravage forcené ;
Il importe à ces miserables
De nous mettre au rang des coupables
Aussi bien que ces païsans
Pris pour avoir esté presens.
C'est-là ce qu'on nomme Iustice ?
C'est ainsi que ces gens d'Office
Rendent criminel qui leur plaist
En faveur de celuy qui l'est !
Hé ; que tous les jours il s'exerce
De cette chicane perverse
Avec entiere impunité
Sur le peuple plus écarté !
Que de cruelles avanies ?
Que d'excez ? que de Tyrannies ?
Par ces Officiers corrompus
Et par les Nobles pretendus.
O pauvre peuple, ô pauvre France !
Quelle est plus au loin ta souffrance :
Si l'on peut si prée de Paris

Opprimer ſans eſtre repris ?
Ie ſçay bien que vous pouvez dire
Que c'eſt prendre l'affaire au pire,
Et que peut-eſtre le procez
N'aura pas ſi mauvais ſuccez.
Qu'une cauſe ſi criminelle
Ne peut éviter la Tournelle.
Qu'on y connoiſt des gens de bien :
Et quand quelqu'un ne vaudroit rien
Ce feroit une erreur extréme
De penſer qu'ils ſoient tous de méme.
Pour moy je demeure d'accord
Que ceux qui font bien n'ont pas tort.
Mais il faut que l'on me permette
De faire une fois le Prophete,
Ainſi qu'un Almanach tracé
Pour l'avenir ſur le paſſé.
Ie connois un peu les myſteres
Qu'on fait entrer dans les affaires
Lors que des Officiers pouſſez
Sont en perſonne intereſſez.
Quoiqu'on les connoiſſe coupables
On a pitié de ſes ſemblables,
On ne va pas à la rigueur,
On traiſne l'affaire en l'angueur,
On fait naiſtre divers obſtacles
Les placets ſignez ſont miracles
qui ne ſe font pas tous les jours

Pour les muëts, (n'y par les ſourds.
Et puis ce n'eſt pas tout d'écrire
Il reſte certains mots à dire
Pour faire une cauſe appeller
Tout de bon & ſans reculer.
Quelquefois on en laiſſe faire
A des gens qui ſçavent ſe taire
Comme ſtatués de Memnon,
Et ſi le Soleil luit ou non.
Quelquesfois meſme le ſilence
Aux Advocats vaut l'Eloquence,
Demoſthénes à s'enrumer
Gaignoit bien plus qu'à declamer.
que quand on penſe eſtre à la rive
On ſe voit bien loin raporté,
Et l'Arreſt meſme eſt arreſté.
De Greffier qui voit l'injuſtice,
quoy qu'à regret s'en rend complice.
Par tout le chef fait ſes efforts
Pour eſtre luy ſeul tout le corps,
Par ces tours la plus groſſe affaire
Devient enfin comme une mere,
qui trop foible pour enfanter
Meurt, ſans pouvoir meſme avorter.
Apres les tours de la Tournelle,
Meſſieurs, celle-cy ſera telle.
I'attends un appointé tout crud,

Car

Car Bignon n'en sera pas creù,
Aura beau faire la peinture
De ces Officiers vicieux
Et ces Moines furieux.
  Il aura beau nous faire entendre
Sa voix & si forte & si tandre.
Parlant pour le sang répandu
De ce double corps étendu
Sur ce Calvaire de la France
Par des Iuifs Chrestiens d'apparence.
  Il aura beau nous faire voir
Les preuves de ce crime noir,
Et faire encor couler le fluve
Des pleurs de cette pauvre veuve,
Et de six pauvres Orphelins
Accusateurs des Iacobins.
  Il aura beau faire paroistre
Comme un monstre qui vient de naistre
Le procez des procez verbaux,
Qui se battront quoique Iumeaux,
Et par une double merveille
Se convaincront à la pareille
D'une visible fausseté
Semblable en sa diversité.
  Enfin il aura beau conclurre
Qu'il faut dans cette conjoncture
Escouter la Clameur des Loix.

Qu'elles puniſſent tout ſans choix,
Et que les frocs ny les caſaques
Ne ſauvent point de leurs attaques
Qu'aux coupables de tant d'excez
Soit fait & parfait le procez,
Et qu'au deſir de l'Ordonnance
On y travaille en diligence ?
Autrement que nul deſormais
Ne peut rien poſſeder en paix,
Expoſé ce don Tyrannique,
Adieu la ſeureté publique.

C'eſt en vain qu'on crie aux voleurs,
Quand les voiſins ſont receleurs,
Ces raiſons ſeront écoutées,
Sans pouvoir eſtre conteſtées,
Nonobſtant on appointera,
C'eſt à dira , on aviſera,
Si l'on devra faire Iuſtice.
Et cependant , Vive le vice.

Car qu'eſt-ce qu'un tel appointé ;
Vne treſve ou bien un traitté,
Par lequel Iuſtice accorde
Vne injuſte miſericorde,
Qui rend un procez infiny,
Et par là le crime impuny.

C'eſt comme un bois épais & ſombre,
Où le crime ſe joüe à l'ombre

Parmy cent buiſſons eſcartez
D'épineuſes formalitez.
Vouloir là-dedant le pourſuivre,
Certes, c'eſt s'ennuyer de vivre.
Pluſieurs trop tard le voyant bien,
Laiſſent tout là, n'ayant plus rien.
Car allez demander Iuſtice
A des hommes dont la malice
Contre vous s'eſt ſi bien fait voir,
C'eſt à dire, allez émouvoir
Des gens fixez à n'en rien faire.
Allez leur mettre le contraire
Dans la teſte, à coups de bonnet,
C'eſt à dire à parler tout net;
Allez plaider contre vos Iuges,
Qui trouveront cent ſubterfuges,
Et qui ſans ceſſe & ſans finir
Vous feront aller & venir
Chez Caïphe & puis chez Pilate,
Et touſiours graiſſer quelque patte,
Et recommencer tous les jours,
Autrement vous preſchez des ſourds.
C'eſt folie au temps où nous ſommes
De demander Iuſtice aux hommes,
Qui la vendent comme par vœu,
De vendre cher & livrer peu.
C'eſt une marchandiſe rare,

Qu'il faut payer sans estre avare ;
On en a peu pour un grand prix,
Et souvent point, quoi qu'il soit pris.
Mais Dieu la rendra toute entiere.
L'injustice aujourd'huy si fiere,
Que porte un front audacieux
Presque jusqu'a l'égal des Cieux.
Ah ! qu'elle sera miserable
Au pied de ce Trosne adorable,
Ou ceux-là seuls seront puissans
Qui seront trouvez innocens.
Alors devant ces yeux augustes,
Passeront les Arrests injustes.
On verra-lé si le flatteurs
En excuseront les autheurs.
On verra s'ils en seront quittes
Pour dire encore, en hippocrites,
Que pour de bons Religieux
Ils ont fait le mal pour le mieux,
Et qu'ils en ont dépoüillé d'autres
Pour obilger ces bons Apostres,
Faisant valoir par pieté
La Mammonne d'iniquité.
On verra si les Tabernacles
Seront ouvers par les miracles
Des Moines ou de leurs commis
A ces Iuges leurs bons amis.
On verra si ces Beats Peres
Les garantirons des miseres

Les garantiront des miseres
D'une juste damnation
Et s'ils seront leu caution
Devant ce Tribunal Supresme
Où chacun répond pour soy-mesme.
Helas ; les pauvres malheureux
Seront bien empeschez pour eux.
Alors tout changera de face,
Les meschans n'aurôt plus d'audace :
Les gens de bien ne craindront plus;
Les foibles auront le dessus,
Les oppresseurs seront en proye,
Les opprimez riront de joye :
Ceux qui souffrent seront vangez,
O ! Iuges vous serez jugez.

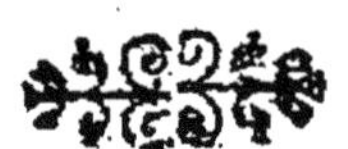

CONCLVSION
AVX
IACOBINS REFORMEZ.

VOila, chers & bien-aimez Freres,
Ce que les ſpectateurs ſinceres
De vos victorieux efforts
Dirent & predirent dés-lors.
On m'a dit que leurs Propheties
N'avoient point eſté démenties,
Leur ſuccez ayant atteſté
Qu'on peut prevoir un appointé:
Et cette experience atteſte
Qu'on a dit vray pour tout le reſte.
Chacun en parle à ſa façon,
L'un par jeu, l'autre tout de bon.
I'en ay fait le recit fidelle,
Autant que ma memoire eſt telle.
Mais j'apprens encor tous les jours
Des ſujets de nouveaux diſcours,
Et qu'il reſte deux grandes Scénes,
L'une eſt le banquet de Sureſnes,
Et l'autre le ſoir & la nuit
Du jour de ce tragique bruit.

Chacuu se mesle de reprendre.
On dit que vous deviez descendre
A l'enseigne de Henry trois,
Non à Suresnes aux trois Roys ;
Et que S. Cloud n'est que trop pro
che
Pour vous attirer ce reproche.
C'est à vous de vous en purger :
Mais il vaut mieux n'y pas songer.
D'autres tournent en rallierie
La devote galanterie
De l'Heroine du party,
Qui prist les restes du rosty,
Faisant un terrible meslange
De bisquits ; de moitiez d'oranges,
Des morceaux les plus negligez,
Des ossemens les moins rongez,
De fruit, de bouts de cuisse & d'aisles,
Qu'elle empaqueta pesle mesle.
Avec une confusion
De Bijoux de devotion,
Qui n'avoient pas trouvé leurs pla
ces
Lors qu'elle remplit ses besaces
Des meubles du Tertre pillé,
Sans inventaire & sans seellé.
C'est qu'elle est devote aux r
ques.
Il ne faut point d'autres repliques.

C'est ainsi qu'elle s'amusoit,
Tandis que l'on verbalisoit.
On le fit de bonne maniere ;
Car on dit qu'on fit chere entiere,
Et qu'apres bon vin bons chevaux,
On dressa les procez verbaux.
Mais la garnison des bons Freres
Que vous fistes depositaires
De l'établissement nouveau
Merite encor mieux le pinceau.
Car j'apprens bien d'autres merveilles,
De leurs travaux & de leurs veilles,
De leurs soins & de leur efforts
Sur les vivans & sur les morts,
Des recherches & des poursuites,
Qu'ils firent par tout des Hermites,
Fourrant des lames bien avant ;
Voulant les perdre en les trouvant ;
Iusques-là que les sepultures
Leur estoient des caches peu sûres,
Et que ce n'estoit pas assez
D'estre au nombre des trépassez:
Mais la descente dans la cave
Fit douter qui fut le plus brave
A la découverte des muids.
C'est-là qu'ils firent de beaux bruits,
Chantant toute nuit, tasse pleine,

Pour

Pour si peu, ce n'est pas la peine,
C'est bien à ces Prestres de Dieu
D'avoir si bon vin, si beau lieu.
Hé; qu'ils s'en-aillent à Bissestre
Nous voir encore par la fenestre, &c.
O nuit jalouse nuit pour eux
De n'endurer pas du moins deux!
Mais helas ce n'est pas de mesme,
Pour Lafont en peril extresme,
On luy fait mal passer la nuit,
Et pis encor le jour qui suit.
Tandis que sur luy l'on decrette,
En captif desia l'on le traite,
Si non qus l'on n'enchaisne pas
Ce pauvre homme, qu'on voit si bas,
Qu'à peine il peut faire paroistre
Sa douleur du refus d'un Prestre.
Ses amis ont beau rechercher
Tous les moyens de l'approcher,
Pour luy rendre quelque assistance,
On les renvoye hors d'esperance
De pouvoir monter au grenier,
Où gist ce mourant prisonnier.
Car sa chambre estoit trop commode,
Des gens-d'armes ont sçait la mode;
Lors qu'un honneste homme chez soy

De ces brigands reçoit la loy.
Les Freres leurs sont tout sembla-
bles,
Si non qu'ils sont plus implacables.
Il n'est point de gens si cruels
Que sont ces faux spirituels.
Pour les cinq prisonniers de guerre
Ils voudroient bien revoir Nanterre :
Ces Moines qui sont si contens
Leur font bien mal passer leur temps,
Cependant qu'avec eux on traite
Des rancons dont on les rachepte.
Mais eux comme fins hameçons
Gardent l'appast & les poissons :
Car la bonne foy n'est pas feste
Qui se garde en temps de conqueste.
Mais laisson-là pour cette fois
Les pauvres Catifs Nenterrois,
Et leur Iuge à qui l'on prepare
Vn emprisonnement barbare,
Pour avoir osé recevoir
Des plaintes & fait son devoir :
C'est à dire, sans artifice
Pour avoir rendu la Iustice.
Crime étrange, à dire le vray !
Mais pour ce jour je m'en tairay ;
Aussi bien pour le gain de cause
Cela vous sert de peu de chose.
Mais je ne puis vous differer

Vn avis qui peut asseurer
Le progrez de vostre conqueste,
Et la porter jusqu'à son faiste.
C'est que pour posseder ce lieu
Il faut que l'interest de Dieu
Soit tousiours peint devant le vostre,
Tout comme si l'un estoit l'autre.
Et pour cette fin faire voir
Qu'il ne se peut pas concevoir
D'accomplissement plus fidelle
Du dessein qu'a prodit le zele
Du pieux Prestre Charpentier ;
Qu'il paroist desia tout entier,
Que vous faites en trois journées
Ce que n'avoient pû tant d'année.
Que vostre seul commencement
En est comme l'achévement.
Que l'effet, sans parler, le monstre,
S'agissant en cette rencontre
De la Representation
Des actes de la Passion,
Dont l'aimable & triste Mystere
Parût sur le premier Calvaire.
Que vostre abord sur celuy-cy
En est un tableau racourcy,
Qui de toutes les circonstances
Fait voir de vives ressamblances.
Desia, le juste Sang vendu
Ne s'y voit-il pas répandu ?

Les Iudas, les Princes des Prestres,
Les soldats, les bourreaux, leurs Maistres,
Les Scribes, les Pharisiens,
Les Iuifs travestis en Chrestiens,
Ne font-ils pas dans vostre affaire
Le devoir de leur Ministere,
Aussi bien on peut estre mieux
Que ne firent jamais ces vieux?
On n'y voit pas pour un Pilate
De plusieurs l'injustice éclatte,
Sans parler d'un autre appointé
Qui n'est encor que projetté.
Certes, bien vive est cette image.
On connoist chaque personnage,
Et dans tous paroist cet esprit
Qui fit tant souffrir Iesus-Christ.
De plasphémes ont le flagelle.
En s'en mocquant Maistre on l'appelle.
On le met derechef en Croix.
Enfin on y voit cette fois
La conformité toute ronde;
Puisque jamais en lieu du monde
Ce Sauveur que nous adorons
Ne fut mieux entre des larrons.
C'est-la, Freres, à ne rien feindre,
Vostre titre le plus à craindre:

C'eſt-là voſtre cheval Troyen ;
C'eſt-là voſtre vnique moyen ;
C'eſt-la ce que peut l'Eloquence ,
Diſant vray pour voſtre defence.
Que voſtre vendeur de ſaffran
N'aille donc plus à Betharan
S'égarer dans de fauſſe preuves
Contre le juſte droit des Veuves ,
Des orphelins abandonnez
De leurs peres aſſaſſinez ,
Ny des Preſtres que l'on dépoüille,
De leur ſejour ſacré qu'on ſoüille ,
Ny des Hermittes qu'on reduit ,
A crier ſi long-temps ſans fruit
Qu'à ce ſeul moyen il s'arreſte
Pour colorer voſtre conqueſte.
I'eſpere apres la ſaint Martin
D'en peindre le dernier deſtin.
Peut-eſtre eſtes-vous gens à dire
Pourquoy je me meſle d'écrire ;
Ce qui peut vous ſcandalizer;
Que c'eſt bien loin de l'excuſer;
Ie vous réponds & ſans colere ,
Pourquoy vous meſlez-vous de faire
Ce qui ſcandalize en effet ,
Et vous & quiconque le ſçait ;
Penſez-vous donc qu'il fuſt licite
A quiconque ſçait la conduite

Des Iacobins dans [illegible]
De dire encore qu'ils ſont ſaints ?
On doit des reſerves diſcrettes
A toutes les fautes ſécrettes.
Mal-heur à celuy qui produit
Au jour les œuvres de la nuit;
Mais ignorez-vous l'Anathéme
Que prononce auſſi Dieu luy-meſme
Sur ceux qui ne diſcernant rien ,
Nomment le bien mal , le mal bien ?
Quand des actions ſcandaleuſes
Qui luy ſont ſur tout odieuſes
Par leur éclat injurieux.
Contre la Terre arment les Cieux.
Ce ſont-là les vapeurs funeſtes
Qui contre les voûtes celeſtes
Se preſentant au lieu d'encens
Preſentent à ſes bras puiſſans
Dequoy nous lancer des tonnerres,
Des fleaux, des peſtes, & des guerres.
Les crimes publics impunis
Attirent des maux infinis.
Dieu veut que l'on cri à l'encontre
Et qu'un zele public ſe monſtre
Pour fleſchir ſon juſte courroux
Qu'un ſeul peut attirer ſur tous,
Si tous par des Vœux unimes
Ne ſont pour Dieu contre les crimes.
Car ſi tous au contrarie vnis

Flattent les crimes impunis,
Ne donnant pas mesme de blâme
A l'action la plus infâme
Qui paroisse devant leurs yeux
C'est un complot sedicieux
Contre l'authorité divine,
C'est conspirer à sa ruine
En se declarant les amis
De tout ce qu'il a d'ennemis,
Au lieu de faire au moins paroistre
Qu'on tient pour le souverain Maître.
t
L'Escriture oblige en cen lieux
A ce devoir Religieux.
C'est aux Magistrat, c'est aux Pinces,
C'est aux Gouverneurs de Provinces
De faire voir par des effets
Qu'ils sont ennemis des forfaits,
Ils n'ont qu'en depost la puissance
De tenir droite la balance,
Qui doit rendre avec équité
Ce que chacun a merité,
Aux bons leur digne récompense,
Aux meschans la juste vengeance,
Aux innocens protection,
Aux oppresseurs punition.
Que si par faveur ou par hai-

La folle ſageſſe mondaine
Leur fait changer cet ordre exprés
Porté par les divins Decrets :
Ah ; quel dur jugement attendent
Tous ceux qui de cet air commandét.
Et qu'un long & vain repentir
Bien toſt le leur fera ſentir,
Qu'ils trouveront longues les peines
De ces allegreſſes ſoudaines,
Que l'homme orgueüilleux , comme
il eſt,
Gouſte en faiſant ce qui luy plaiſt !
Cependant ceux-là qui d'Office
N'ont pas droit de punir le vice,
En ſeront neantmoins garans
S'ils s'y rendent indifferens.
On s'abuſe bien ſi l'on penſe
Eſtre innocent dans un ſilence,
Politiquement ſcrupuleux,
Quand les crimes ſont ſcandaleux.
Blâmons l'injuſtice connue,
Le loup s'enfuit quand on le huë ;
Le meſchant craint d'eſtre berné ;
Par fois le plus déterminé
Se retient voyant qu'on l'abhorre ;
Neron meſme trembloit encore,
Apres ſon dernier attentat
Sans le laſche & flatteur Senat.
Auſſi l'apoſtre incomparable

Veut par une rigueur aimable
Que mesme on fuye un vicieux
Afin que cet affront picu.
Et cette espece d'Anathéme
Le fasse r'entrer en luy-mesme.
Freres ne demandez donc plus
Pourquoy l'on veut vous voir cõfus.
Mais j'entens une autre deffaitte
Vous dites que je suis Poëte,
Ou qu'au moins je m'en veux méler,
Sans sçavoir m'en bien déméler,
Mais qu'il suffit pour ne pas croire
Ce que j'écris comme une Histoire.
Avant tout je repartiray
Que si vous ne tenez pour vray
Rien qui se trouve en poësie
Ie vous voy dans la fantaisie
De laisser souvent tout entier
Vostre office,au moins le Psautier.
Qu'au reste fort peu je me pique
De l'excellence poëtique :
Que ce beau feu ne me luit pas :
Qu'il est vray que mon style est bas :
Que je ne fais des vers qu'en prose,
Enfin que c'est bien peu de chose.
Ie suis loin de ces grands autheurs
Qui trouvent des amirateurs,
En faisant traffic de mensonges,
Et s'enrichissent de leurs songes,

S'ils ſont bien dits ou bien rimez,
Et de flatterie animez,
Ie n'eſcry que pour la Iuſtice.
Ie ne blâme rien que le vice.
I'aime les bons Religieux :
Ie ne hay que les vicieux :
Et ſur tout ceux qui par cabale
Se maintiennent dans le ſcandale
Des injuſtes poſſeſſions,
Des cruelles oppreſſions,
Et tant d'horribles pratiques
De leur morale politique.
Ie ne ſuis qu'un écho qui rend
Ce que du public il apprend.
Si vous craignez la voix publique
Le remede contre eſt unique.
Changez-vous, elle changera,
Faites mieux, elle le dira.
Mais fuyez l'orgueil, où ſe fonde
La grande erreur des grands du mon-
Qui pretendent authorité [de
Iuſques ſur la poſterité,
Penſant que l'injuſte armée
Peut gourmander la renommée
Et faire avecque leur credit
Que ce qu'il font ne ſoit point dit.
Il ſera dit ; & dans l'Hiſtoire
Ils ſeront peints d'encre plus noire,
Tant plus qu'ils aigriſſent d'eſprits

Et qu'ils font brusler ces écrits,
Que leurs cendres font mieux connoistre
Et comme les Phenix renaistre.
Le seul secret que nous sçachions
C'est, ne point faire d'actions
Que l'on craigne qui soient écrites,
Comme l'exigent leurs merites :
Ou bien, soy-mesme les punir
Prevenant le temps à venir.
Car personne ne doit pretendre
De ses dents se pouvoir defendre.
Non, mes Freres, n'attendez pas
D'avoir privilege en ce cas.
Donnez à l'Eglise vn exemple
D'vne penitence bien ample.
Rendez tout à vostre prochain,
Sa maison, ses meubles, son pain,
Rendez sa bonne Renommée
Si cruellement entamée
En prenant la confusion
Que merite vostre action :
Rendez à ces pouvres Hermittes.
Leur solitude & leurs limittes,
Rendez à ce grand Cardinal
Son écrit, qui cause ce mal.
Rendez-vous Iustice à vous-mesmes.
Faites lever tant d'Anathemes,
Que le public a fulminez

Contre vos desseins forcenez.
Rendez à vostre Ordre l'estime
Que luy ravit ce vaste crime,
Qui fait voir iusques aux Autels
Presque tous les pechez mortels.
Mais rendez la vie à ce pere
Dont le sang rougit le Calvaire
Rendez ce pere aux Orphelins
Qu'ont rendu tels vos assassins.
Rendez cet époux à sa femme
Que rend veuve coup infame.
Rendez raison à tant de sang
Qui sur ce Mont fait vn estang.
Rendez la veuë à ce bon Prestre
Traitté par vous comme son Maistre.
I'entens que vous dites tout bas,
Que tout cela ne se peut pas.
Voyez donc par la quels abi'mes
Vous creuse cet amas de crimes.
Voyez à quelle extremité
Aboutit la cupidité.
C'est comme lors que le pied glisse
Au bord d'vn profond precipice,
On n'arreste pas où l'on veut ?
On veut revenir, on ne peut.
Toutesfois dans nostre creance.
Tout se peut par la penitence.
Revenez Prevaricateurs ;

Reve

Revenez ; rentrez dans vos cœurs.
N'attendez pas qu'ils s'endurcissent.
Dieu leur parlāt, qu'ils se flechissent.
Craignez que l'endurcissement
Ne vous mene à l'aveuglement ;
Rendez-vous aux fortes instances
Que vous en font vos consciences.
Enfin rendez la gloire à Dieu,
Ne prophanant plus ce saint lieu,

FIN.

M

CElluy qui justifie l'Impie, & celluy qui condamne, le Iuste, sont tous deux égallement abominables devant Dieu. *Prov.* 17.

Ceux qui disēt à l'impie qu'il est iuste seront maudits & detestez par les Peuples & par les Nations de la terre. Mais ceux qui le reprennent seront loüez & benits de tout le monde. *Prov.* 24.

Ne participez point aux actions de tenebres, & qui ne produisent qu'vn triste & sterile repentir: Mais plûtost reprenez-les avec force. *Ephs.* 5.

Nous devons & nous sommes obligez de condamner & de reprendre, avec charité neantmoins & avec amour, les crimes qui se commettent ouvertement & en public: haissant les crimes, & non pas ceux qui les commettent. *S. August. serm. de Tempro.* 202.

Que ce zele Divin brusle dans nostre cœur, qu'il soit tousiours animé de l'amour de la justice, & de le haine de l'iniquité, que personne ne flatte les vices: & que personne ne dissimule les pechez.... Car c'est y consentir que de le taire, lors qu'on peut les re-

Revenez ; rentrez dans vos cœurs.
prendre, & nous apprenons du S. Esprit que Dieu punist également & celuy qui fait le crime, & celuy qui y consent. *S. Bern. de S. Iean Bapt.*

www.ingramcontent.com/pod-product-compliance
Ingram Content Group UK Ltd.
Pitfield, Milton Keynes, MK11 3LW, UK
UKHW021153220726
13924UKWH00003B/1123

9 782019 252717